Désert & Fab

Les Parisiens

Jungle

Scénario : Fab
Dessin : Désert
Mise en couleurs : Véronique Gourdin

ISBN : 978-2-874-42470-0

Première édition - Septembre 2007

Imprimé en France par PPO Graphic, Pantin. Dépôt légal : Septembre 2007; D.2007/0053/456

Retour au bercail

ÇA Y EST, LES ENFANTS, LE PÉRIPH'! ON EST CHEZ NOUS!
CETTE FOIS, LES VACANCES SONT BEL ET BIEN TERMINÉES...
MAIS... QU'EST-CE QU'IL ME FAIT, LUI?...
REGARDE-MOI CET ENFOIRÉ QUI ME DOUBLE PAR LA DROITE ET QUI ME COUPE LA ROUTE!!!
EH DUCON VA! T'AS GAGNÉ TON PERMIS AU KÉNO?!!
TIENS, PRENDS MES PLEINS PHARES DANS TA GUEULE!!!
TAC TAC TAC TAC
ET EN PLUS, TU KLAXONNES?! MOI AUSSI, JE SAIS KLAXONNER, TIENS, REGARDE!
TUUUT
TUUUT
TUUUTTT
TUUUUTTTT
AAAAAH, ÇA FAIT DU BIEN DE RETROUVER SES HABITUDES!...
...ÇA COMMENÇAIT À ME MANQUER...

Les gestionnaires de la rentrée

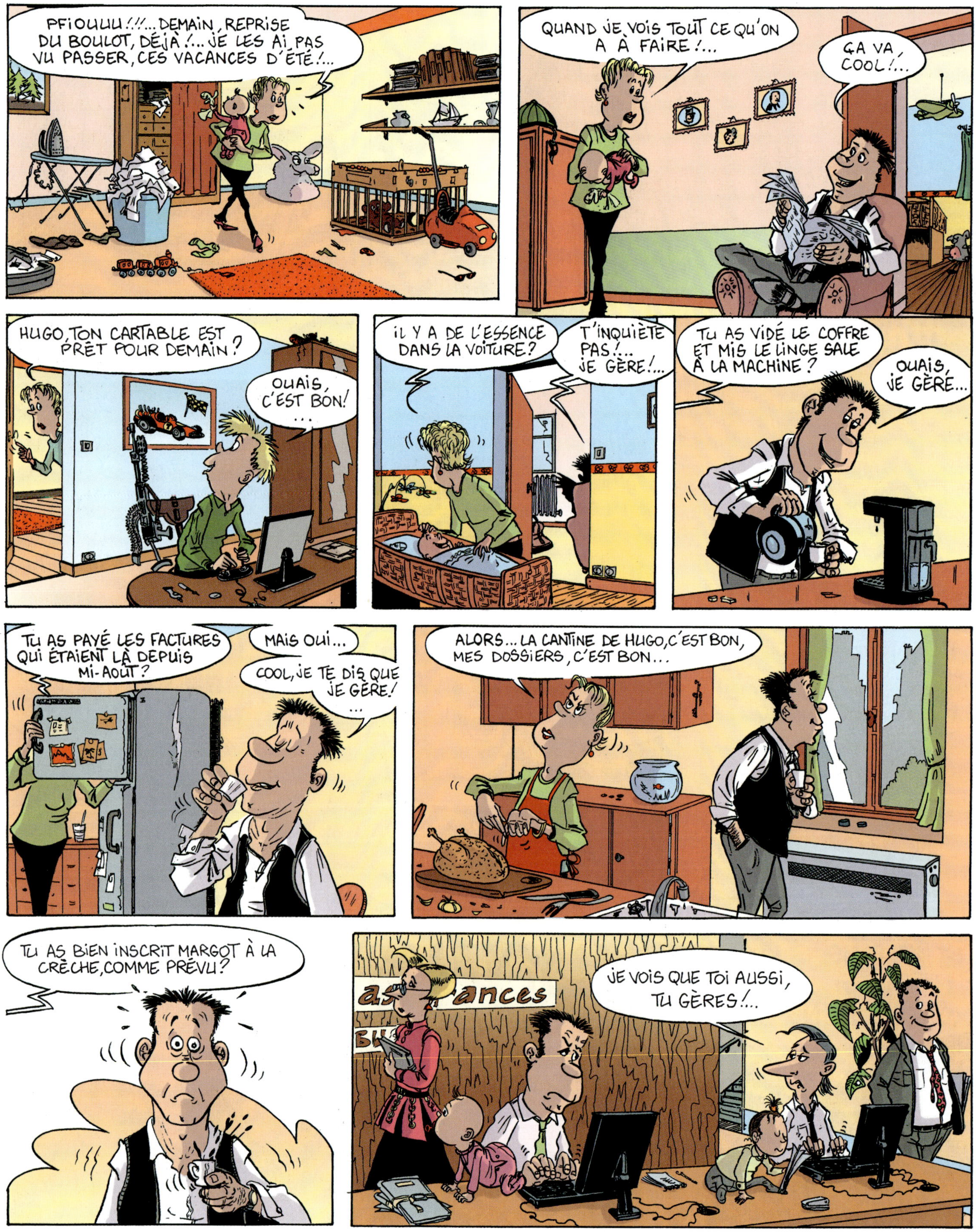

PFIOUUU !!!... DEMAIN, REPRISE DU BOULOT, DÉJÀ !... JE LES AI PAS VU PASSER, CES VACANCES D'ÉTÉ !...
QUAND JE VOIS TOUT CE QU'ON A À FAIRE !...
ÇA VA, COOL !...
HUGO, TON CARTABLE EST PRÊT POUR DEMAIN ?
OUAIS, C'EST BON ! ...
IL Y A DE L'ESSENCE DANS LA VOITURE ?
T'INQUIÈTE PAS !... JE GÈRE !...
TU AS VIDÉ LE COFFRE ET MIS LE LINGE SALE À LA MACHINE ?
OUAIS, JE GÈRE...
TU AS PAYÉ LES FACTURES QUI ÉTAIENT LÀ DEPUIS MI-AOÛT ?
MAIS OUI...
COOL, JE TE DIS QUE JE GÈRE ! ...
ALORS... LA CANTINE DE HUGO, C'EST BON, MES DOSSIERS, C'EST BON...
TU AS BIEN INSCRIT MARGOT À LA CRÈCHE, COMME PRÉVU ?
JE VOIS QUE TOI AUSSI, TU GÈRES !...

Des vacances super

PAS FÂCHÉ DE RENTRER... QUELLES VACANCES DE MER!
JULES, NE SOIS PAS GROSSIER!
21
AH PARCE QUE TU AS PASSÉ DE BONNES VACANCES, TOI, PEUT-ÊTRE?!!
OOUiiiNNN
DE LA PLUIE TOUS LES JOURS... BRAVO LE BORD DE MER!...
J'EN AI PAS VU LA COULEUR, DE LA MER!
TES PARENTS QUI NOUS FONT LA "BONNE SURPRISE" DE NOUS REJOINDRE POUR LE DERNIER WEEK-END!
MERCI, LE CADEAU!...
...ET L'AUTRE QUI ATTEND LES VACANCES POUR NOUS FAIRE UNE VARICELLE!
LUI, JE TE JURE, DÈS QU'IL PEUT NOUS EMM
JULES!!
OUiiiNNN
SANS PARLER DES 4 HEURES DE BOUCHON AU RETOUR!...
NON, VRAIMENT! CES VACANCES, ON OUBLIE!!!
LE LENDEMAIN, RETOUR AU BOULOT...
ALORS, CES VACANCES, C'ÉTAIT BIEN?
VRAIMENT GÉNIAL!... ET TOI?
PAREIL! UN VRAI PARADIS!
JE VAIS QUAND MÊME PAS LUI DIRE LA VÉRITÉ, ÇA LUI FERAIT TROP PLAISIR!...

À la bourre

SALUT !
SALUT !
ALORS, C'ÉTAIT COOL CES GRANDES VACANCES ?
OUAIS, SUPER !
PAR CONTRE, CE MATIN, JE TE DIS PAS LE STRESS... MES PARENTS COURAIENT DANS TOUS LES SENS !...
OUAIS, PAREIL CHEZ MOI !
MA MÈRE ÉTAIT HYSTÉRIQUE, ELLE N'ARRÊTAIT PAS DE CRIER : " ON SERA JAMAIS À L'HEURE ! ON SERA JAMAIS À L'HEURE ! "
MA MÈRE, PAREIL ! À CHAQUE RENTRÉE, ON DIRAIT UNE FOLLE !...
ELLE ÉTAIT TELLEMENT SPEEDÉE QU'ELLE A OUBLIÉ DE ME FILER MON GOÛTER !...
ET MOI, J'AI CARRÉMENT DÛ PRENDRE MON P'TIT DÉJ' DANS LE MÉTRO !...
MOI, PIRE ! REGARDEZ : MON CARTABLE EST VIDE... MA MÈRE A OUBLIÉ D'Y REMETTRE MES AFFAIRES !...
?!
!?
OUAIS, BEN VOUS PLAIGNEZ PAS !!!...

Caisse qu'on ferait pas...

BON, PAR LÀ, TOUTES LES CAISSES ONT L'AIR PLEINES !...
DE CE CÔTÉ, C'EST PAS MIEUX, ALLONS VOIR UN PEU PLUS LOIN !...
NOOON !... ELLES SONT TOUTES ARCHI-PLEINES... ÇA VA PRENDRE UN TEMPS FOU !...
SEULE LA CAISSE "MOINS DE DIX ARTICLES" EST PRESQUE VIDE...
MOINS DE 10 ARTICLES
...MAIS ÇA NE PASSERA JAMAIS, AVEC TOUT CE QUE J'AI !..
VOUS POUVEZ COMPTER: AUCUN DES CINQ CADDIES NE CONTIENT PLUS DE DIX ARTICLES !...
CHARCUTERIE
MOINS DE 10 ARTICLES

Métro parano

TUUUUUT
TUUUUUUUTTT
UNE BANDE DE JEUNES !...
DES JEUNES DE BANLIEUE, DE CEUX QUI ÉCOUTENT DU RAP...
ILS VONT COMMENCER PAR NOUS APOSTROPHER, PUIS NOUS INSULTER...
LE TON VA MONTER JUSQU'À DEVENIR CARRÉMENT MENAÇANT...
ENSUITE, ÇA VA DÉGÉNÉRER, L'UN DES DEUX VA SORTIR UN COUTEAU ET...
TUUUUUUUUUTTTT
OUF !... QUAND JE VAIS RACONTER AUX COLLÈGUES CE QUI A FAILLI M'ARRIVER, ILS VONT JAMAIS ME CROIRE...

La loi du marché

SPOTIMMO
BONJOUR !
BONJOUR !... OUI ?...
VOILÀ : JE VIENS D'ÊTRE MUTÉ SUR PARIS ET JE CHERCHE À ME LOGER AVEC MON ÉPOUSE ET MES TROIS ENFANTS... PARIS INTRA-MUROS SI POSSIBLE...
MMMH... J'AI CE T4...
QUOI ?!! 2 700 €/MOIS DE LOYER ?!!
AH, CE SONT LES PRIX, MONSIEUR, C'EST LE MARCHÉ, ON N'Y PEUT RIEN, C'EST COMME ÇA !
BON... JE VAIS PEUT-ÊTRE REGARDER LES T2...
T2... NOUS AVONS CELUI-CI...
2 300 €/MOIS ?!!
C'EST LE MARCHÉ, ON N'Y PEUT RIEN, C'EST COMME ÇA !
SINON, VOUS AVEZ DES STUDIOS ?...
1 500 €/MOIS POUR UN STUDIO DE 7M² AVEC W.C. SUR LE PALIER ??!!!
TAP
C'EST LE MARCHÉ, MONSIEUR, ON N'Y PEUT RIEN, C'EST COMME ÇA.
BON, BEN... JE VAIS RÉFLÉCHIR...
...AU REVOIR...
PARDON, MONSIEUR, VOUS POURRIEZ ME DÉPANNER D'UNE PETITE PIÈCE ?...
NON, JE PEUX PAS ! C'EST LE MARCHÉ, ON N'Y PEUT RIEN, C'EST COMME ÇA !
?

Les désisteurs

PHILIPPE ? OUAIS, C'EST FRANÇOIS !...
JE T'APPELLE POUR CE SOIR... JE CROIS QU'ON VA PAS POUVOIR VENIR CHEZ VOUS...
OUAIS... LE DELCO QUI M'A LÂCHÉ... ON EST COINCÉS À CERGY...
LA TUILE !... CELA DIT, J'ALLAIS JUSTEMENT T'APPELER POUR ANNULER...
CHLOÉ SE SENT FIÉVREUSE, ELLE EST COUCHÉE ! LÀ, JE SUIS À LA PHARMACIE...
BON, BEN ON REMET ÇA ALORS... OUAIS... O.K.... CIAO !
OUF !... ON A ÉVITÉ LA SOIRÉE AVEC LES DEUX EMMERDEURS !...
LA TONN
Restau
RESTAURANT

Absconversation

ALORS, TU AS FAIT QUOI HIER SOIR ?
ON EST ALLÉS CHEZ YVES ET MARTINE...
C'ÉTAIT BIEN ?
OUI, C'ÉTAIT PAS MAL...
'Y AVAIT DU MONDE ?
BOH, JUSTE UNE DINDE !
TU VEUX DIRE QU'IL Y AVAIT JULIE ?
OUI, AVEC DU GRATIN DAUPHINOIS.
AH ? DONC ELLE N'EST PLUS AVEC RÉMY ?
NON, ELLE PRÉFÈRE QUAND ILS SENTENT MOINS FORT...
CELLE-LÀ, TOUJOURS AUSSI EXIGEANTE, ELLE FINIRA SEULE...
OUI, OU DANS LA CRÈME ANGLAISE...
ALLEZ, BERNARD, JE TE LAISSE...
BISOUS, MAMAN, ON SE VOIT DIMANCHE.
BIP
BIP
QUELLE ÉPOQUE FORMIDABLE !... VIVE LA COMMUNICATION !...

Le débat du dimanche

AH OUAIS ?! ET TON DELANOË, IL A FAIT QUOI DEPUIS QU'IL EST À LA MAIRIE ?!
SÛREMENT PLUS QUE TON TIBÉRI, Y A PAS PHOTO !!!
AH OUI, EXCUSE-MOI PARIS-PLAGE ET LA GAY PRIDE, C'EST VRAI, QUELS PROGRÈS !!!
AH, PARCE QUE LES EMPLOIS FICTIFS, TU APPELLES ÇA UN PROGRÈS, TOI ?!
EH, LES BEAUX-FRÈRES, VOUS N'ALLEZ PAS RECOMMENCER !!! CHAQUE FOIS C'EST PAREIL !
TAP TAP TAP
OUI, Y EN A ASSEZ DE VOS DISPUTES ! ON CHANGE DE SUJET !!!
BRRR, ÇA S'EST RAFRAÎCHI CES DERNIERS JOURS, HEIN ?...
OUAIS, DU TEMPS DE TIBÉRI, IL FAISAIT MOINS FROID !...
FAUX, C'EST SOUS DELANOË QUE ÇA A COMMENCÉ À SE RADOUCIR !...

Cycloteamique

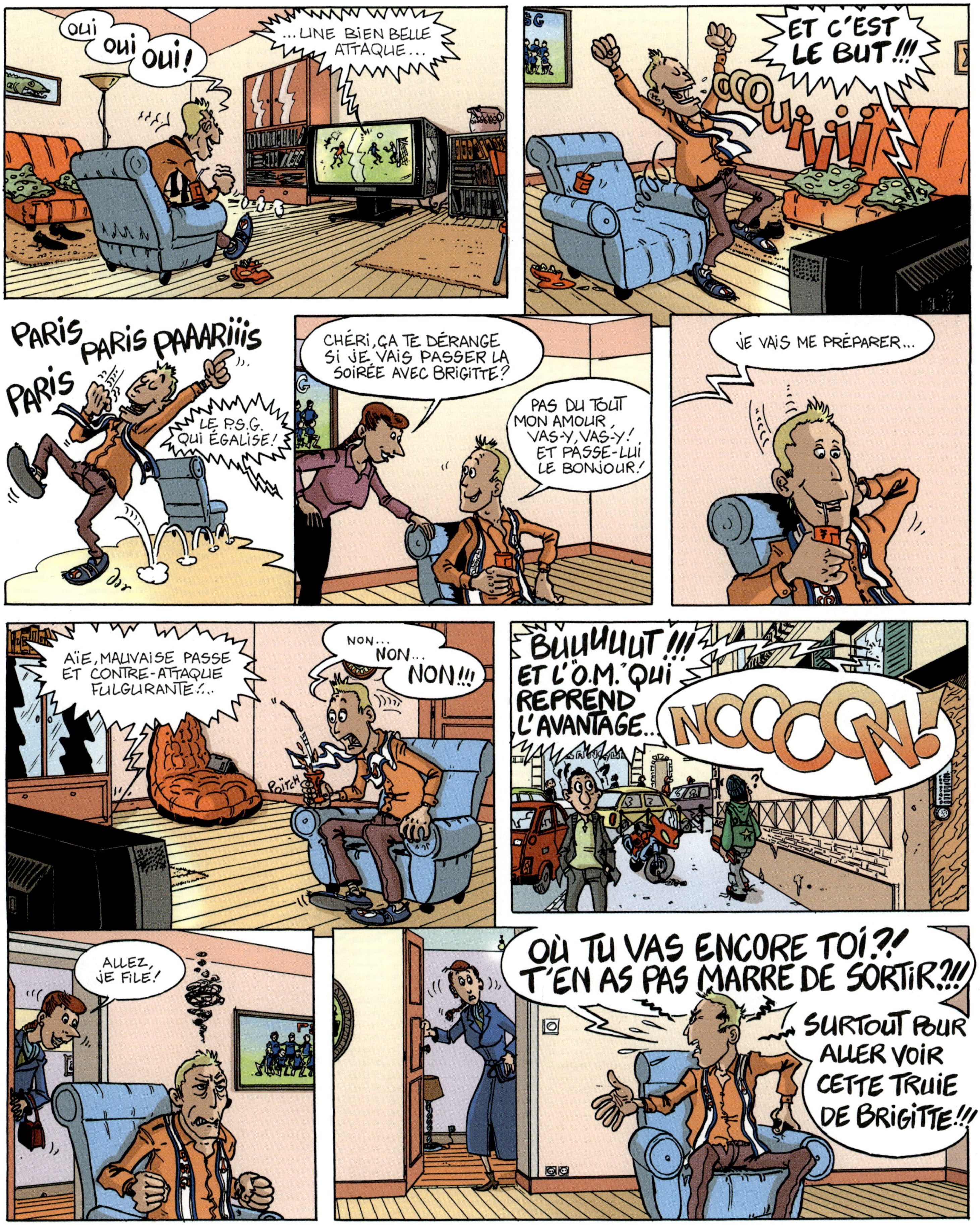
OUi oui oui!
...UNE BIEN BELLE ATTAQUE...
ET C'EST LE BUT!!!
OOOUiiiii
PARIS PARIS PARIS PAAARiiis
LE P.S.G. QUi ÉGALISE!
CHÉRi, ÇA TE DÉRANGE Si JE VAiS PASSER LA SOiRÉE AVEC BRiGiTTE?
PAS DU TOUT MON AMOUR, VAS-Y, VAS-Y! ET PASSE-LUi LE BONJOUR!
JE VAiS ME PRÉPARER...
AÏE, MAUVAiSE PASSE ET CONTRE-ATTAQUE FULGURANTE!..
NON... NON... NON!!!
BUUUUUT!!! ET L'O.M. QUi REPREND L'AVANTAGE...
NOOOON!
ALLEZ, JE FiLE!
OÙ TU VAS ENCORE TOi?! T'EN AS PAS MARRE DE SORTiR?!!
SURTOUT POUR ALLER VOiR CETTE TRUiE DE BRiGiTTE!!!

Orniautologie

ÉCOUTEZ ÇA, LE PARIGOT! LE CHANT DE LA NATURE, IL N'Y A RIEN DE PLUS BEAU!
IL SUFFIT DE TENDRE UN PEU L'OREILLE, ÉCOUTEZ...
ÇA, PAR EXEMPLE, C'EST UN ROUGE-GORGE...
AH, UNE GRIVE EN PÉRIODE DE REPRODUCTION!
ÇA, C'EST UNE BERGERONNETTE EN PLEINE CHASSE!...
ALORS, LE CITADIN, IMPRESSIONNÉ?
BOF...
"BOF"?! PARCE QUE VOUS POUVEZ EN FAIRE AUTANT PEUT-ÊTRE?...
BIEN SÛR, JE VAIS VOUS MONTRER...
SNIF SNIF
?
IL Y A UNE ROUTE PAS LOIN AVEC UNE PEUGEOT 405 DIESEL, UNE LAGUNA ESSENCE ET UNE XANTIA TURBO DIESEL.
SNIF? SNIF

Barbie embouteillages

BRROOOO
ON N'Y SERA JAMAIS À TEMPS !
C'EST QUAND MÊME PAS DE MA FAUTE SI ÇA BOUCHONNE !...
JE T'AVAIS DIT DE PRENDRE LE PÉRIPH' !...
LE PÉRIPH' À CETTE HEURE-CI, C'EST PIRE !
OUI, RÉSULTAT, ON EST BLOQUÉS DEPUIS UNE HEURE !...
EH BIEN PUISQUE MADAME SAIT TOUT, MADAME N'AVAIT QU'À CONDUIRE !!!
TU SAIS TRÈS BIEN QUE TU DÉTESTES QUE JE CONDUISE DANS PARIS !!!
FAUX ! C'EST TOI QUI AS PEUR ! MAIS POUR CRITIQUER, ALORS LÀ OUI !!!
ÇA NE VA PAS DE HURLER COMME ÇA ?!...QU'EST-CE QUI VOUS ARRIVE ?...
BEN QUOI ? ON JOUE AU PAPA ET À LA MAMAN !...

Messieurs dames, bonjour...

TUUUT
MESSIEURS DAMES, BONJOUR. ÉTANT ACTUELLEMENT CHÔMEUR EN FIN DE DROITS ET NE BÉNÉFICIANT PLUS D'AUCUN REVENU...
ALLEZ!...
1€ S.V.P. pour manger
ENCORE UN QUI VEUT NOUS FAIRE PLEURER...'PEUVENT PAS NOUS FICHER LA PAIX, NON?...
QUELLE OBSCÉNITÉ, VENIR ÉTALER SES PROBLÈMES EN PUBLIC... ET LA DIGNITÉ ALORS?...
TUUUT
?!!
TUUUT
MESSIEURS DAMES, BONJOUR. J'AI PERDU UN TROUSSEAU DE CLÉS DANS CE WAGON. SI PAR HASARD, QUELQU'UN PARMI VOUS L'A VU. ....

L'ascenseur social

BONSOIR, QUATRIÈME ?
OUI, MERCI.
BZZZZZ
DING
BONSOIR !
BONSOIR !
TIENS, DANS L'ASCENSEUR J'ÉTAIS AVEC LE VOISIN...
C'EST ÇA QUE J'ADORE À PARIS : CETTE VIE SOCIALE...
OUAIS...

Page de pub

SON SOLEIL ÉCLATANT !
SON EAU BLEU TURQUOISE !
SES MILLIERS D'HECTARES DE SABLE FIN !
SA CUISINE TRADITIONNELLE !
SA POPULATION AFFABLE ET PITTORESQUE !
SA JOIE COMMUNICATIVE !
SES CENTAINES D'ESPÈCES D'OISEAUX EXOTIQUES !
SPOTCH
Pour vos Vacances Pensez à Paris
ALORS ?... SYMPA MA CAMPAGNE POUR L'OFFICE DU TOURISME, NON ?
J'AI PIQUÉ UN COMMENTAIRE DES ÎLES FIDJI, PAS MAL NON ?
OUAIS, MAIS JE NE SAIS PAS POURQUOI, C'EST PAS LA MÊME MAGIE !...

Les cinés filent

C'EST VRAIMENT SYMPA CETTE FÊTE DU CINÉMA: TU PAYES LA PREMIÈRE SÉANCE ET TOUTES LES AUTRES SONT À DEUX EUROS...
VITE, 'FAUT Y ALLER, SI ON NE VEUT PAS RATER LE DERNIER BESSON AU GAUMONT!...
MAIS ?!..., CELUI-LÀ N'EST PAS ENCORE FINI ?!...
C'EST PAS GRAVE... DEUX EUROS, T'IMAGINES, 'FAUT EN PROFITER!
REX
OUF! PILE À L'HEURE!
AH! AH!!! EXCELLENT CE BESSON... ALLEZ, ON FILE! LE ALTMAN COMMENCE DANS DIX-HUIT MINUTES AU MK2!...
CLAP CLAP CLAP
MAIS!... ON N'A VU QU'UN QUART D'HEURE DU FILM ?!...
MAIS ENFIN, TU TE RENDS PAS COMPTE: DEUX EUROS LE FILM!!!
TAXIS
WAW, SYMPA, LE GÉNÉRIQUE!... ALLEZ VITE! 'FAUT PAS RATER LE WOODY ALLEN!...
DIX-SEPT FILMS DANS UNE SEULE JOURNÉE... CETTE FÊTE DU CINÉMA, C'EST UNE AUBAINE POUR LES CINÉPHILES COMME NOUS!...

Régionalismes

MOI, J'AI UN COUSIN DANS LE NORD, CES GENS-LÀ SONT D'UN MOROSE...
OUI, CELA DIT, ILS SONT TRAVAILLEURS... ...
ÇA, C'EST VRAI !
COMME L'AUVERGNAT...
NON, L'AUVERGNAT EST RADIN, C'EST PAS PAREIL...
PAR CONTRE, LE ROUSSILLONNAIS EST UN VRAI FAINÉANT !
OUAIS, ET EN PLUS IL EST HYPOCRITE, COMME TOUS CEUX DU MIDI...
OUI ENFIN, PAS AUTANT QUE LE NORMAND, QUAND MÊME...
BIEN SÛR...
NON MAIS, C'EST PAS UN PEU FINI CES CONNERIES ?!
VOUS, LES PARISIENS, VOUS VOUS CROYEZ VRAIMENT AU-DESSUS DE TOUT LE MONDE !...
OUAIS, T'AS RAISON GEORGIO, C'EST IDIOT DE GÉNÉRALISER COMME ÇA...
C'EST FOU CE QUE C'EST SUSCEPTIBLE, LE CORSE...
OUI, ET PUIS COLÉRIQUE AUSSI... COMME LE BOURGUIGNON...

Métro boulot bobo

Bip
Bip
Bip
MARC?... OUAIS, C'EST MOI... ÇA VA?...
AH OUAIS, LES ANTILLES, C'ÉTAIT SUPER!...
... SAUF QUE J'AI RAMENÉ UNE SALOPERIE... OUAIS, UN TRUC BIZARRE...
... UNE ESPÈCE DE VIRUS HYPER-CONTAGIEUX...
OUAIS BEN J'ESPÈRE, SINON, C'EST DEUX MOIS D'HOSTO MINIMUM...
ALLEZ, JE TE LAISSE, CIAO!
ET VOILÀ COMMENT AVOIR UN PEU D'ESPACE DANS LE MÉTRO!...

De l'art et du torchon

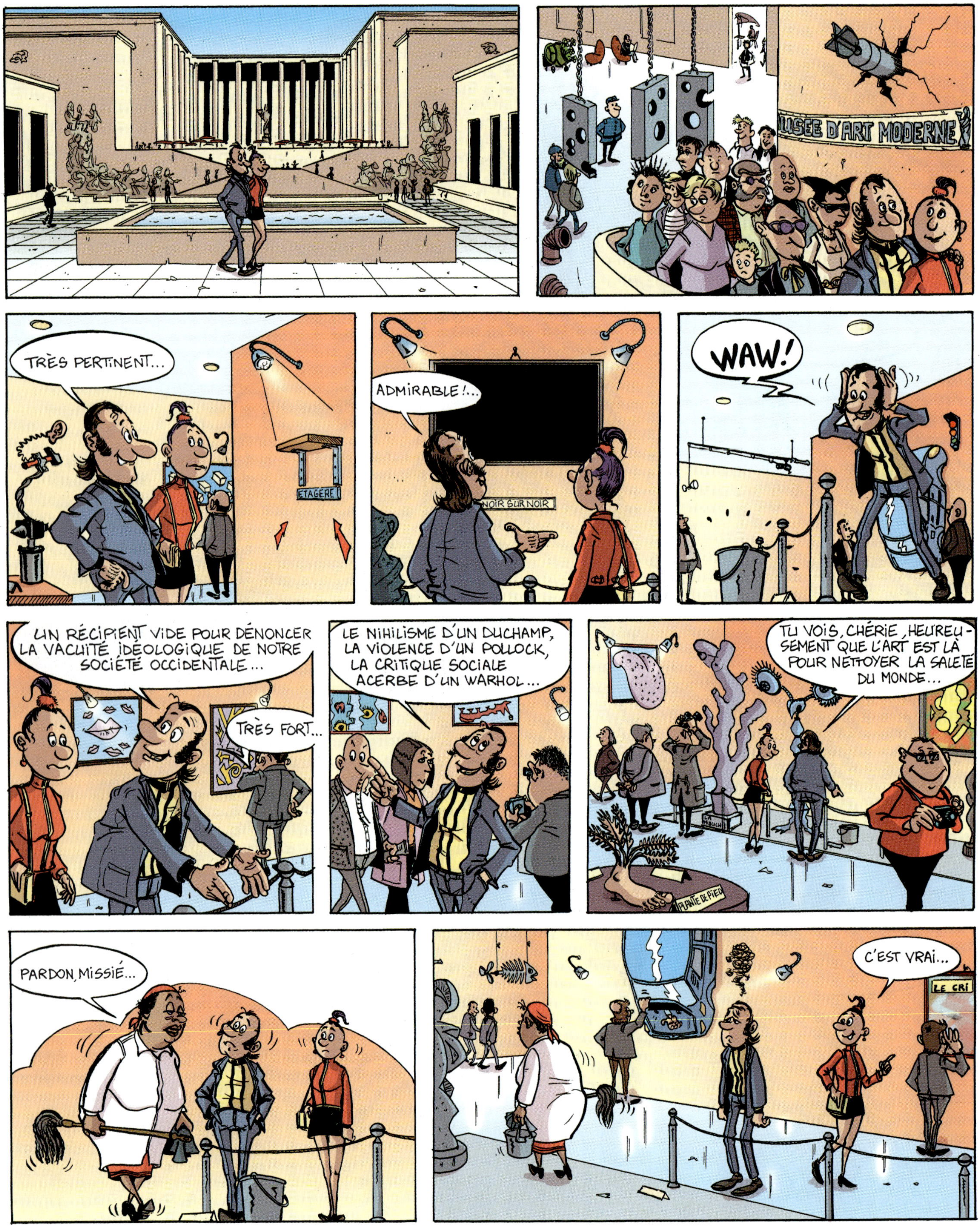
D'ART MODERNE
TRÈS PERTINENT...
ETAGERE
ADMIRABLE !...
NOIR SUR NOIR
WAW !
UN RÉCIPIENT VIDE POUR DÉNONCER LA VACUITÉ IDÉOLOGIQUE DE NOTRE SOCIÉTÉ OCCIDENTALE...
TRÈS FORT...
LE NIHILISME D'UN DUCHAMP, LA VIOLENCE D'UN POLLOCK, LA CRITIQUE SOCIALE ACERBE D'UN WARHOL...
TU VOIS, CHÉRIE, HEUREUSEMENT QUE L'ART EST LÀ POUR NETTOYER LA SALETÉ DU MONDE...
PLANTE DE PIED
PARDON, MISSIÉ...
C'EST VRAI...
LE CRI

Cui cui

J'AI BIEN ÉTUDIÉ LES CHANTS D'OISEAUX TOUTE CETTE SEMAINE, JE SUIS INCOLLABLE !...
JE VAIS VOUS PROUVER QUE LE PARISIEN PEUT S'ADAPTER À N'IMPORTE QUEL MILIEU...
TENEZ, CE CHANT PAR EXEMPLE !...
DES NOTES HAUT PERCHÉES DANS LES AIGUS...
UN MOTIF CHROMATIQUE RÉPÉTITIF...
UN LÉGER VIBRATO DANS LE SIFFLET...
LAIT
J'Y SUIS ! C'EST LA FEMELLE PINSON QUI APPELLE SON MÂLE !!!
PAT
ALORS ? C'EST ÇA ?... ...
EEEH, PAS MAL... 'Y A DU PROGRÈS, LE PARIGOT, C'EST PRESQUE ÇA...
TAP TAP
...C'EST MA FEMME QUI M'APPELLE...

Les extra-lucides

ALORS, LES PROVINCIAUX, VOUS AVEZ FAIT BON VOYAGE ?
SALUT, BEAU-FRÈRE ! OUI, OUI, PARFAIT !
PRÊTS POUR CETTE TOUTE PREMIÈRE VIRÉE À PARIS ?
ET COMMENT !
MAIS... POURQUOI TOUS LES GENS COURENT ?...
HEIN ?... MAIS NON, PERSONNE NE COURT !...
??? ON FAIT LA QUEUE POUR PRENDRE UN ESCALATOR, ALORS QUE L'ESCALIER EST VIDE ?... C'EST ABSURDE !...
LA QUEUE ? OÙ ÇA UNE QUEUE ?...
'Y A EU UNE MAUVAISE NOUVELLE AUX INFOS DE CE MATIN ?
NON, POURQUOI ?
MAIS... TOUT LE MONDE FAIT LA GUEULE !...
AH BON ? NON, NON !...
OUH LA, ON N'A PAS DE POT, IL FAIT PAS BEAU !...
AH, MAIS SI ! IL FAIT SUPER BEAU AUJOURD'HUI !
CHÉRIE, JE NE CROIS PAS QU'IL FAUDRA QU'ON RESTE TROP LONGTEMPS ICI !...
POURQUOI ?
J'AI L'IMPRESSION QUE L'AIR DE PARIS REND MYOPE !...

Taxi !

TAXi!
C'EST PAS VRAi, C'EST LE TROiSiÈME QUi PASSE SANS ME VOiR!...
EN VOiLÀ UN AUTRE!... TAXiiii!!!
C'EST PAS POSSiBLE! iL FAUT ÊTRE AVEUGLE POUR CONDUiRE UN TAXi, MAiNTENANT?!!
VROOP
AH, UN AUTRE!... HEP, TAXiiiiii!!!
MiRACLE, iL S'ARRÊTE!
OUF, ENFiN, ÇA FAiT UNE DEMi-HEURE QUE JE COURS... JE VAiS AU 76 RUE DE RiVOLi!...
MAiS... VOUS Y ÊTES!...
76
DiS DONC, CHAPEAU! EN AVANCE POUR LA RÉUNiON!
OH, TU SAiS, AVEC LE TAXi, ÇA VA ViTE!...

Chassés-croisés

8h00
TUUUT
ON VOUS A JAMAIS APPRIS QU'IL FALLAIT LAISSER DESCENDRE LES AUTRES AVANT DE MONTER ?!!
METRO
17h00
TUUUT
ON VOUS A JAMAIS APPRIS QU'IL FALLAIT LAISSER DESCENDRE LES AUTRES AVANT DE MONTER ?!!

Les incivilisés

JE LE CROIS PAS...
TAP TAP
LA VIEILLE QUI ME PASSE DEVANT, L'AIR DE RIEN...
frais
UNE INCIVILITÉ PAREILLE, ÇA ME REND DINGUE !...
CLAC
BIP

Petit traité de ruralité

SAINTONGE
SALON de L'AGRICULTURE
PRODUITS RÉGIONAUX
FERGUSON
COCORICOOOO
POURQUOI ELLE CRIE, LA POULE ?
ÇA, TU VOIS, ÇA SIGNIFIE QU'ELLE S'APPRÊTE À PONDRE UN ŒUF !
AH, D'ACCORD !...
OH ! QU'EST-CE QU'IL LUI FAIT LE MONSIEUR, AU CHIEN ?!!
CE N'EST PAS UN CHIEN, MON CHÉRI, C'EST UN BÉLIER. LE MONSIEUR RÉCUPÈRE SON PIPI CAR C'EST UN BON ENGRAIS
AH ?
ÉLEVAGE
AAAH !!! UN RHINOCÉROS !!!
ZEUS
AH ! AH ! AH ! NON KÉVIN, CE N'EST PAS UN RHINOCÉROS !...
C'EST UNE VACHE ! TU N'AS RIEN À CRAINDRE : LA VACHE SE NOURRIT EXCLUSIVEMENT DE LAIT.
OUF !
TU VOIS, CHÉRIE, C'EST IMPORTANT DE VENIR ICI... CE N'EST PAS PARCE QU'ON VIT À PARIS QU'ON NE DOIT PAS LUI INCULQUER UNE CULTURE RURALE !...

La presque-culture

MAIS... PAR OÙ TU PASSES ?!!
JE PASSE PAR OÙ JE VEUX, MADAME JE-SAIS-TOUT !!!
OUAIS, BEN ALORS LÀ, C'EST RÂPÉ POUR LE THÉÂTRE !...
Qui EST ARRIVÉ DU BOULOT À 20H00 ?!..
EXCUSE-MOI DE TRAVAILLER, MONSIEUR LE FONCTIONNAIRE !
LE FONCTIONNAIRE, IL FAIT PLUS D'HEURES QUE TOI, ALORS MOLLO LES CLICHÉS !
LÀ, UNE PLACE LIBRE !!!
PAS MAL, APRÈS AVOIR FAIT TROIS FOIS LE TOUR DE PARIS !...
VITE, ON A ENCORE UNE CHANCE D'ARRIVER À L'HEURE !...
ET VOILÀ, TROP TARD !...
ON EST BONS POUR REPARTIR...
VOUS AVEZ FAIT QUOI, HIER SOIR ?...
ON A FAILLI ALLER AU THÉÂTRE...
AH, SYMPA... NOUS, ON A FAILLI ALLER À L'OPÉRA...
C'EST ÇA QUI EST BIEN À PARIS : TOUTE CETTE RICHESSE CULTURELLE DONT ON POURRAIT PROFITER SI ON AVAIT LE TEMPS !...
OUAIS !...

L'attroupement

ÇA VA, CHÉRI ?
SI TU SAVAIS... JE VIENS D'ASSISTER À UN ACCIDENT...
AH BON ?
OUI, UNE PAUVRE FEMME QUI S'EST FAIT RENVERSER PAR UNE VOITURE !...
ET ÉVIDEMMENT, UN ATTROUPEMENT S'EST AUSSITÔT FORMÉ AUTOUR DE LA VICTIME !...
ILS ÉTAIENT TOUS LÀ, À SE BOUSCULER POUR ESSAYER DE VOIR QUELQUE CHOSE !...
... PRENANT UN PLAISIR MALSAIN À VOIR QUELQU'UN DANS LE MALHEUR !...
SOCIÉTÉ INDIVIDUALISTE OÙ CHACUN NE PENSE QU'À SOI !...
... ÇA ME DÉPASSE !...
TU AS RAISON, INDIVIDUALISTE AU POINT DE PRÉFÉRER REGARDER PLUTÔT QUE D'AGIR !
NON, C'EST PAS ÇA : PERSONNE NE VOULAIT ME LAISSER PASSER POUR QUE JE PUISSE REGARDER LA VICTIME MOI AUSSI !

Best selle

PFIOUUU, QUEL MONDE FOU CETTE ANNÉE, AU SALON DU LIVRE !
OUAIS, ON PEUT À PEINE SE BOUGER !
Casterman
OH LÀ LÀ !!! REGARDE CETTE FILE !...
J'AIMERAIS BIEN SAVOIR POUR QUI ILS FONT LA QUEUE !...
J'ARRIVE PAS À VOIR L'AUTEUR, 'Y A TROP DE MONDE !
TAP TAP TAP
BOAH ! UNE QUEUE PAREILLE, C'EST FORCÉMENT POUR UNE GRANDE STAR !
OUI, ON N'A QU'À S'Y METTRE DE TOUTE FAÇON !
À MON AVIS, C'EST UNE STAR DU CINÉ QUI DÉDICACE SA BIOGRAPHIE !
OUAIS, OU UNE PERSONNALITÉ DE LA TÉLÉ !...
T'IMAGINES, SI C'EST UN JOUEUR DE FOOT GENRE ZIDANE ?...
PLON
FLUIDE GLACIAL
Flammarion
EH ! EH ! EH ! SI C'EST UN JOUEUR DE FOOT, LES COLLÈGUES VONT ÊTRE VERTS DE JALOUSIE DEMAIN, AU BUREAU !
AH, ÇA SE CLAIRSÈME, ON TOUCHE AU BUT !... ON VA ENFIN LE VOIR, CE FAMEUX AUTEUR !...
!
!?
W.C.

Les héros de l'ozone

JE SUIS FIÈRE DE TOI, MON CHÉRI ! ALLER AU BOULOT EN VÉLO TOUS LES MATINS !
LE PIC D'OZONE NE DIMINUERA QUE SI CHACUN Y MET DU SIEN !...
À CE SOIR, CHÉRIE !
LOVE
CRiii
CRiiii
SALUT LA COMPAGNIE !
TIENS, VOILÀ NOTRE HÉROS !...
DIS DONC, CHAPEAU, JE NE SAIS PAS COMMENT TU FAIS !...
BAH ! UN MINIMUM DE CONSCIENCE ÉCOLOGIQUE, C'EST TOUT !...

Escalatodépendants

TIENS ? QU'EST-CE QUE C'EST QUE CETTE QUEUE ?
SÛREMENT LA R.A.T.P. QUI EST EN GRÈVE !...
OUI, OU ALORS LA S.N.C.F. !...
CE SERAIT BIEN NOTRE VEINE !
QU'EST-CE QU'ON FAIT ? ON VA QUAND MÊME PAS RESTER PLANTÉS LÀ SANS SAVOIR CE QUI SE PASSE !...
TU AS RAISON, AVANÇONS UN PEU, JUSTE POUR VOIR !...
BON, QU'EST-CE QU'ILS ATTENDENT POUR ARRANGER ÇA ?!
'Y EN A QUI TRAVAILLENT !!!
!?
C'EST À ÇA QUE SERVENT NOS IMPÔTS ?!
OÙ EST LE DÉPANNEUR ?!
C'EST PAS POSSIBLE !
EN ATTENDANT, MON PATRON M'ATTEND !!!
EN PANNE

L'euro voyageur

L'ADDITION !...
MERCI !
QU'EST-CE QU'ON FAIT, ON LAISSE UN POURBOIRE ?
TU TROUVES QUE C'EST PAS DÉJÀ ASSEZ CHER COMME ÇA ?
BOH !... C'EST POUR LE JEUNE SERVEUR, LE PAUVRE... REGARDE, À CÔTÉ ILS ONT LAISSÉ UN EURO !...
ET VOILÀ, NI VU NI CONNU, UN EURO DE POURBOIRE !...
?
ET VOILÀ, NI VU NI CONNU, UN EURO DE POURBOIRE !...
TING

Le bon plan

8H00
ALLEZ, COMME TOUS LES MATINS, JE VAIS TOURNER UNE HEURE AVANT DE TROUVER UNE PLACE !...
C'EST PAS VRAI... JE RÊVE !!!
KIWI
UNE PLACE GRATUITE À DEUX PAS DU BOULOT, JE SUIS VERNI !
CLAC
17H00
ÇA M'ÉTONNERAIT QUE J'AIE AUTANT DE CHANCE DEMAIN !...
TIENS ? TU ES DÉJÀ LÀ ?
JE SUIS RENTRÉ EN MÉTRO... TU PENSES, POUR UNE FOIS QUE J'AI TROUVÉ UNE SUPER PLACE DE PARKING, J'AI PAS ENVIE DE LA PERDRE !...

La loi du siège

TUUUUUTT
UNE PERSONNE ÂGÉE... 'FAUDRAIT PEUT-ÊTRE QUE JE LUI LAISSE MA PLACE ASSISE...
ENFIN, ÂGÉE, 'FAUT VOIR... À PARTIR DE QUEL ÂGE EST-ON UNE PERSONNE ÂGÉE ?...
JE NE VOUDRAIS PAS NON PLUS LA VEXER...
DE NOS JOURS, ON EST VERT DE PLUS EN PLUS TARD...
DISONS QU'AUJOURD'HUI, ON EST UNE PERSONNE ÂGÉE À PARTIR DE 80 ANS...
EXCUSEZ-MOI, MADAME, VOUS AVEZ QUEL ÂGE, SI CE N'EST PAS INDISCRET ?
J'AURAI 80 ANS LE MOIS PROCHAIN...
DOMMAGE...

Les enfoirés du trône

MAIS, IL VA AVANCER CE ???!
CHÉRI, TU M'AVAIS PROMIS DE RESTER CALME !... C'EST LE WEEK-END, ON N'EST PAS PRESSÉS !...
...TIENS, D'AILLEURS, ON EST ARRIVÉS !... REGARDE, CHÉRI, C'EST LA FOIRE DU TRÔNE !...
OUAiiiiis !!!
JE VEUX ALLER LÀ !
ET LÀ !
ET LÀ AUSSI !
ET LÀ !
D'ABORD, LES AUTO-TAMPONNEUSES !
ALLEZ, ALLEZ !
BANG JUNIOR
BOK
OÙ EST-CE QU'IL A APPRIS À CONDUIRE, VOTRE FILS ?!!
JE VOUS SIGNALE QUE C'EST LUI QUI AVAIT LA PRIORITÉ !!!

Crevé

FUUUIT..
PAF
ÇA VA, MON CHÉRI ?
CREVÉ !...

Conditionné

UNE PIÈCE POUR LA MUSIQUE ?
DÉSOLÉ, J'AI PAS DE MONNAIE !
DÉSOLÉ, J'AI PAS DE MONNAIE !
DÉSOLÉ, J'AI PAS DE MONNAIE !
YEAH
DÉSOLÉ, J'AI PAS DE MONNAIE !
AH, CHÉRI ! TU N'AS PAS OUBLIÉ QUE NOUS SORTIONS, CE SOIR ?
DÉSOLÉ, J'AI PAS DE MONNAIE !

Sélection naturelle

CLAC
PARDON MONSIEUR, MAIS MAINTENANT, C'EST NON FUMEUR !... ... C'EST LA LOI !...
AH !... TRÈS BIEN ...
BAR Le Bicorne
VOUS N'AVEZ PAS ENTENDU L'ANNONCE ? LES GARES, MAINTENANT, C'EST NON FUMEUR !
?
TAXI
SNCF
AAAH NON, ROGER, ON N'A PLUS LE DROIT DE FUMER ICI !...
café long
café court
Chocolat
C'ÉTAIT UN GROS FUMEUR... CANCER DU POUMON, J'IMAGINE !...
NON, NON, PNEUMONIE !...
...ÊTRE FUMEUR À PARIS, ÇA PARDONNE PAS !...
TU NOUS MANQUES SEITA

Assistance, mode d'emploi

BOPS
QUE FAIRE LORSQU'UNE PERSONNE FAIT UN MALAISE DANS LA RUE ? IL EXISTE DIFFÉRENTES SOLUTIONS...
LA SOLUTION PRUDENTE...
ALLÔ, LE SA...SA...LE SAMU ! VIIITE, C'EST POUR UN MALAISE !...
LA SOLUTION MÉTHODIQUE...
1: ÉCARTEZ-VOUS ! IL LUI FAUT DE L'AIR !
2: VOUS ! ARRÊTEZ LA CIRCULATION !
3: VOUS, APPELEZ LES URGENCES !
4: VOUS ! REGARDEZ SI ELLE A DES PAPIERS AVEC UNE ADRESSE !
LA SOLUTION PRO...
LAISSEZ-MOI FAIRE, J'AI MON BREVET DE SECOURISME !
LA SOLUTION PARISIENNE...
GALERIE

The tourist

UNE P'TITE CARICATURE MONSIEUR, EN SOUVENIR DE MONTMARTRE ?
NON MERCI.
CARICATURE ? YOU FROM WHAT COUNTRY ?
JE SUIS PAS UN TOURISTE, LÂCHEZ-MOI !...
BRACELETS PORTE-BONHEUR MONSIEUR ?!...
PAS CHER ! YOU SPANISH ? ITALIAN ???
JE SUIS PARISIEN ! FOUTEZ-MOI LA PAIX !
C'EST PAS POSSIBLE, ÇA... J'AI UNE TÊTE DE TOURISTE OU QUOI ?!
ZZIIIIIPPPP
EH !
MONSIEUR ! RATTRAPEZ CE MALOTRU, IL M'A VOLÉ MON SAC !
I'M SORRY, I DON'T UNDERSTAND... I AM ON HOLIDAYS... I AM DE LONDON...

21 juin

AAAH ! LA FÊTE DE LA MUSIQUE, J'ADORE CETTE SOIRÉE !...
OUH LÀ, 'Y A VRAIMENT DU MONDE, CETTE ANNÉE !...
BOUM
POUÊT
C'EST PAS POSSIBLE... ON AVANCE D'UN MÈTRE TOUS LES QUARTS D'HEURE !...
BOUM BOUM
LÀ-BAS, 'Y A L'AIR D'Y AVOIR UN GROUPE DE JAZZ SYMPA !
OUI, SI ON Y ARRIVE !!!
BOUM BOUM
CHÉRIE, NE ME LÂCHE PAS LA MAIN, ON A VITE FAIT DE SE PERDRE !...
BOUM BOUM BOUM
PARDON !..
PARDON !...
PARDON !...
BOUM
PARDON !...
... AH ! TU PARLES D'UNE FÊTE !...
BOUM
LÀ-BAS, JE VOIS UN ESPACE LIBRE, VITE !...
BOUM
POUÊÊÊT
OUF, ENFIN UN PEU D'AIR... ÇA VA, CHÉRIE ?

Entraînement

C'EST QUAND QU'ON PART EN VACANCES À LA CAMPAGNE ?
DANS DEUX JOURS, MON CHÉRI !...
RLLRLRLRLLLRRLL
SÛREMENT UN AVION QUI PASSE À PROXIMITÉ...
RRRLLLRLRRRLLLRLRLR
RRRLLRLRLLR
MAIS, QU'EST-CE QUE C'EST QUE CE BRUIT ??
BOUM
CLING
CE QUE JE FAIS ?! JE M'ENTRAÎNE !! CETTE ANNÉE, PAS QUESTION DE ME FAIRE HUMILIER PAR CES DE PROVINCIAUX !!!

La coupure

LUNDI...
MARDI...
MERCREDI...
JEUDI...
VENDREDI...
AAAH, ENFIN LES VACANCES !
FUN SURF

Typique (mais pas trop)

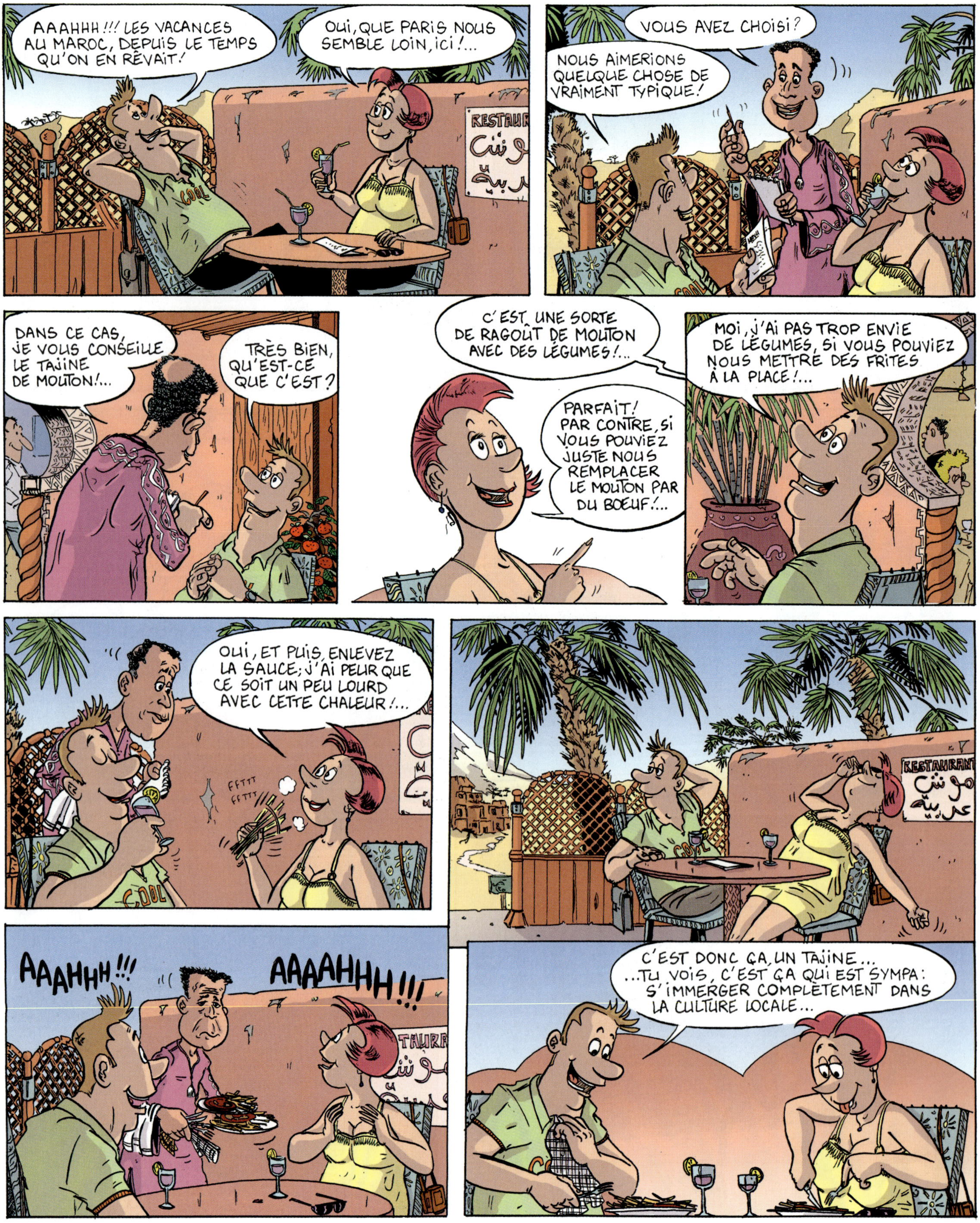
AAAHHH !!! LES VACANCES AU MAROC, DEPUIS LE TEMPS QU'ON EN RÊVAIT !
OUI, QUE PARIS NOUS SEMBLE LOIN, ICI !...
RESTAUR
VOUS AVEZ CHOISI ?
NOUS AIMERIONS QUELQUE CHOSE DE VRAIMENT TYPIQUE !
DANS CE CAS, JE VOUS CONSEILLE LE TAJINE DE MOUTON !...
TRÈS BIEN, QU'EST-CE QUE C'EST ?
C'EST UNE SORTE DE RAGOÛT DE MOUTON AVEC DES LÉGUMES !...
PARFAIT ! PAR CONTRE, SI VOUS POUVIEZ JUSTE NOUS REMPLACER LE MOUTON PAR DU BOEUF !...
MOI, J'AI PAS TROP ENVIE DE LÉGUMES, SI VOUS POUVIEZ NOUS METTRE DES FRITES À LA PLACE !...
OUI, ET PUIS, ENLEVEZ LA SAUCE ; J'AI PEUR QUE CE SOIT UN PEU LOURD AVEC CETTE CHALEUR !...
FFTTT FFTTT
RESTAURANT
AAAHHH !!!
AAAAHHH !!!
C'EST DONC ÇA, UN TAJINE... ...TU VOIS, C'EST ÇA QUI EST SYMPA : S'IMMERGER COMPLÈTEMENT DANS LA CULTURE LOCALE...

Toujours typique

AAAH !... IL ÉTAIT FAMEUX, CE TAJINE !...
OH, REGARDE ! UNE BOUTIQUE DE SOUVENIRS ! SI ON RAMENAIT QUELQUE CHOSE ?
BONNE IDÉE ! CHAQUE FOIS QU'ON LE REGARDERA, ÇA NOUS RAPPELLERA CES VACANCES AU MAROC !
UN PLAT À TAJINE ?
BOH !... ON A DÉJÀ DES CASSEROLES, C'EST UN PEU PAREIL !
UN ASSORTIMENT D'ÉPICES ?...
AH NON ! ÇA VA SENTIR DANS TOUTE LA MAISON !
UN TAPIS TRADITIONNEL FAIT MAIN ?
BOF !..! Y EN A DES MOINS CHERS ET PLUS JOLIS CHEZ IKÉA ! ...
UN SERVICE À THÉ ?... ...BOF, JE BOIS QUE DU CAFÉ !...
CHÉRI ! JE CROIS QUE J'AI TROUVÉ !!!
CLIC CLIC CLIC
J'♥ PARIS
J'♥ PARIS

Les bronzées à Paris

DEMAIN, RETOUR À PARIS... C'EST PASSÉ SI VITE !...
QUELLE DÉPRIME, J'AI AUCUNE ENVIE DE RENTRER !...
ALLONS, VOIS LE CÔTÉ POSITIF !
AH !... ET C'EST QUOI, LE CÔTÉ POSITIF ?
REGARDE, COMME ON EST BRONZÉES, DES VRAIES STARLETTES !
JE SUIS SÛRE QU'APRÈS CES VACANCES, NOTRE VIE AFFECTIVE VA PRENDRE UN TOURNANT !...
JE T'ASSURE QUE LE REGARD DES HOMMES EST DIFFÉRENT QUAND TU ES BRONZÉE ET LA MINE SPLENDIDE !...
TU VAS VOIR, C'EST FLAGRANT !
AH OUAIS, C'EST FLAGRANT !...

1
2
3
4
5
CAMERA CAFE
C'est nous qui offre

les aventures de
BIGARD

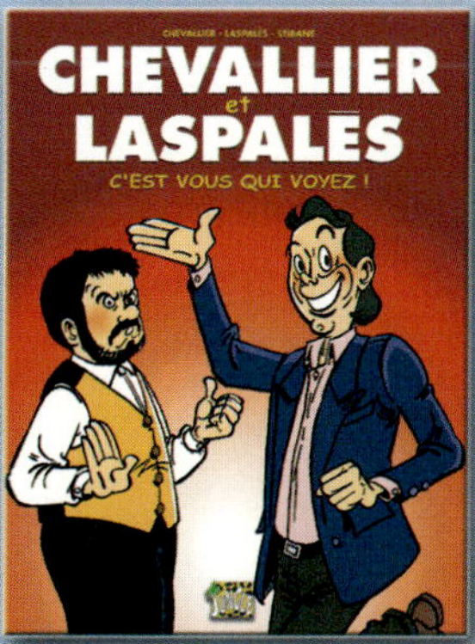
CHEVALLIER et LASPALES
C'EST VOUS QUI VOYEZ !

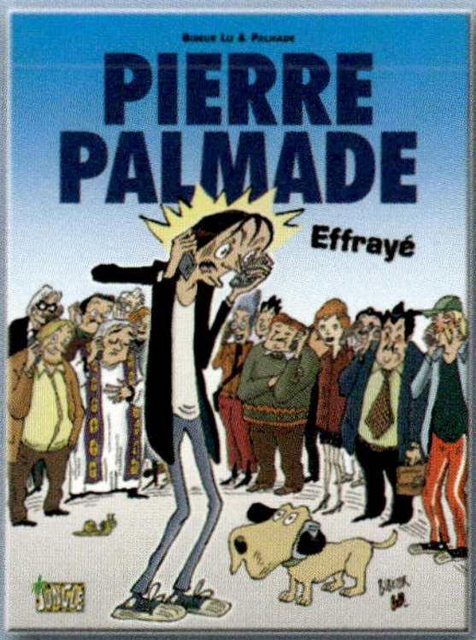
PIERRE PALMADE
Effrayé

ELIE SEMOUN
Se prend pour qui ?

ELIE SEMOUN
LES ANNONCES EN BD
FRANCK DUBOSC
Si tu es blonde...

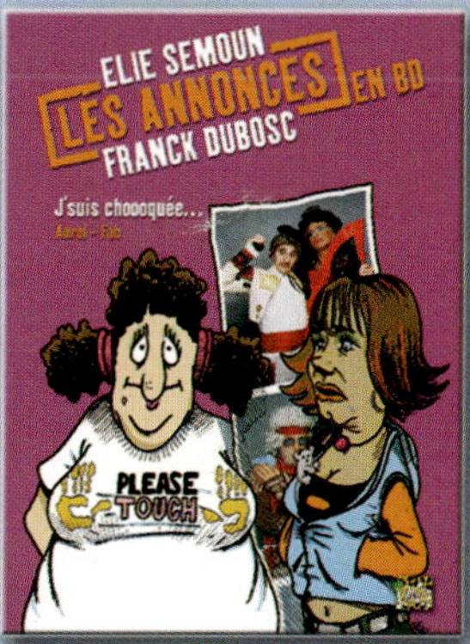
ELIE SEMOUN
LES ANNONCES EN BD
FRANCK DUBOSC
J'suis chooouquée...
PLEASE TOUCH

PIERRE DESPROGES en BD
FRANÇAISES
FRANÇAIS
BELGES
BELGES
LECTEUR CHERI
MON AMOUR

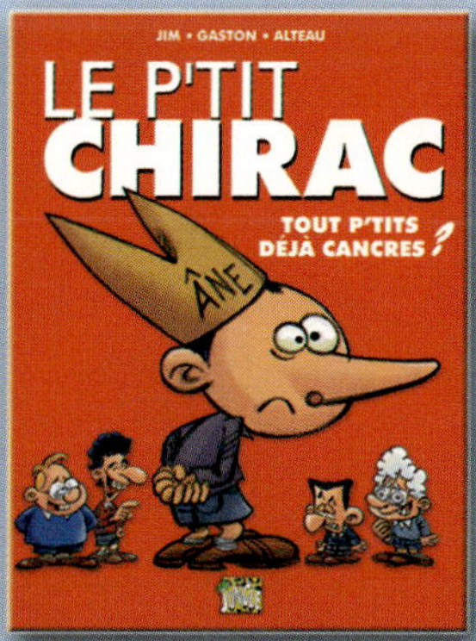
JIM • GASTON • ALTEAU
LE P'TIT CHIRAC
TOUT P'TITS DÉJÀ CANCRES !
ÂNE

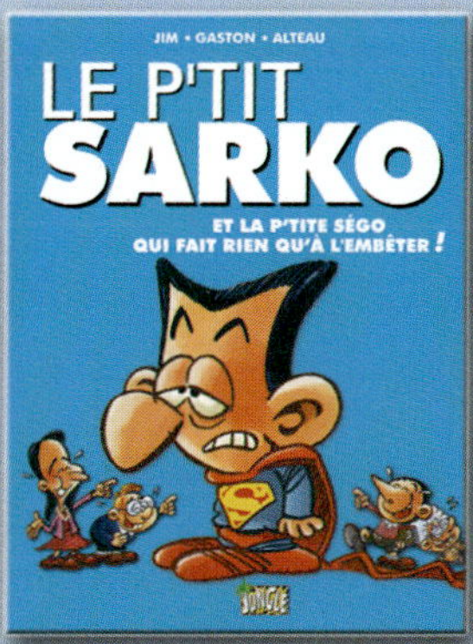
JIM • GASTON • ALTEAU
LE P'TIT SARKO
ET LA P'TITE SÉGO QUI FAIT RIEN QU'À L'EMBÊTER !

QUEL HOMME CHOISIR ?
de GAUCHE ou de DROITE ?

BARKATS
WOLINSKI
MERCI HANNUKAH HARRY
PRÉFACE DE NICOLAS HULOT
LE PREMIER POLAR POLAIRE

André-Philippe Côté
TOUS FOUS
Le docteur Smog craque !

RIRE contre le RACISME

LES FAUSSES AVENTURES DE
KOH-LANTA
1 - LOS PERDIDOS DE LAS FRUTAS

Le TOUR de France
C'est reparti pour un Tour !

LES BRETONS

JUNGLE